Blink, Blink, Clop, Clop

Un libro de cuentos sobre
el trastorno obsesivo-compulsivo

Escrito por la Dra. E. Katia Moritz

Weston Press
Weston, Florida

Parte de las ganancias de este libro serán donadas a
la Fundación Internacional del T.O.C.,
en agradecimiento por su maravilloso trabajo.

Weston Press, LLC
2233 N. Commerce Parkway
Suite 3
Weston, Florida 33326

© 2011 by Weston Press
Second Edition

BugzMe Books is an imprint of Weston Press, LLC
www.bugzme.com

ISBN: 978-0-9834549-1-5
Library of Congress Control Number 2011932813

Con amor, a mis hijos Jack, Natalie e Ethan,
y a los niños que comprenden que no se trata de los desafíos que enfrentamos
en la vida sino de cómo elegimos lidiar con ellos.

El agricultor Núñez estaba confundido. Por primera vez en su vida no podía entender qué les pasaba a sus animales, empezando por Rita, la gallina. El juego favorito de Rita era "A la rueda, rueda del gallinero". Ahora no tenía tiempo para jugar y siempre andaba haciendo cosas extrañas.

Rita casi nunca lograba comer. Se pasaba horas alineando la comida, mientras repetía, "Uno, dos, tres, cuatro... perdí la cuenta, empiezo otra vez, uno, dos... perdí la cuenta". Temía que, si su comida no estaba perfectamente alineada, el agricultor Núñez accidentalmente derribaría el gallinero con su tractor. Sus amigos del gallinero serían atropellados y ella tendría la culpa de todo. Pero las líneas nunca estaban suficientemente rectas.

"No está bien", exclamaba nerviosamente.

Rita había puesto huevos por años, pero ahora se le había metido en la cabeza una idea muy incómoda: "¿Y si creo que he puesto unos huevos, pero en realidad no los he puesto? ¿Cómo puedo estar segura?".

No importaba cuantas veces examinara sus huevos, nunca era suficiente y tenía que inspeccionarlos otra vez. "Los examinaré por última vez", se prometía Rita pero nunca podía cumplir su promesa.

Hasta irse a dormir se le hacía difícil. Mientras más cansada estaba, más extrañas eran las cosas que tenía que hacer. Muy tarde en la noche aún seguía peinándose las plumas. Sabía que se le iban a desarreglar cuando se acostara, pero no podía irse a dormir si las plumas a ambos lados del cuerpo no se veían exactamente iguales. Las plumas tenían que estar parejas y verse bien. Y cada noche le tomaba más y más tiempo acomodárselas perfectamente.

Rita se sentía triste, diferente y sola. Lo que no sabía era que Blanca, la vaca, también tenía problemas.

Blanca no podía dejar de preguntar lo mismo una y otra vez. "Valentina", preguntaba, "¿qué pasa si mi leche se daña y alguien se enferma?".

"Tu leche está bien", le respondía Valentina por enésima vez.

"¿Y si no le pregunté correctamente? ¿Y si no la entendí, o si ella no me entendió?", pensaba Blanca y luego volvía a preguntar.

"¡Qué testaruda eres!", le respondía Valentina.

Las preguntas de Blanca no cesaban y, peor aún, empezó a pensar que quizás estaba babeando. "Debo lamerme los labios y secarme la boca al mismo tiempo para estar segura de que no estoy babeando", pensaba.

Lo más raro era que aunque sentía que estaba babeando, en realidad no estaba babeando ni un poquito. Pronto se le agrietaron los labios y comenzaron a dolerle. ¡Parecía que tenía bigote!

A Blanca también le preocupaba enfermarse de gravedad. Sin razón alguna, temía contraer "la enfermedad de las vacas locas". Hasta le temía a las enfermedades de los humanos que las vacas no contraen.

"Tienen que cuidarse de las enfermedades", les decía Blanca a las otras vacas. "Nunca se sabe qué puede pasar", seguía repitiendo.

Las otras vacas no entendían por qué Blanca estaba tan preocupada.

En poco tiempo Blanca los estaba volviendo locos porque les pedía constantemente que le tomaran la temperatura para ver si tenía fiebre. "Por favor, verifica una vez más. ¿Tengo fiebre ahora? ¿Y si no lo detecté?", preguntaba una y otra vez.

"¡Parece que mientras más le contestamos, peor se pone!", le decía Valentina a otra vaca.

Al igual que Rita, Blanca se sentía triste, diferente y sola.

Pero Blanca y Rita no estaban solas. Humberto, el cerdo más inteligente del corral, también tenía problemas. Los otros cerdos disfrutaban practicando la lucha libre en el barro o compitiendo en concursos de comer.

Pero Humberto nunca podía divertirse porque tenía miedo de que le cayera barro encima o en la comida. "No estoy suficientemente limpio. ¿Y si me faltó limpiarme alguna parte del cuerpo? ¿Y si no me lavé suficiente? ¿Y si el sucio se me riega de la piernas a la cabeza?", se preocupaba Humberto mientras se duchaba.

Estos molestosos pensamientos lo obligaban a lavarse tantas veces al día que ¡casi se quita el rosado de la piel! Se le resecaron tanto las pezuñas que parecían papel de lija. Aun así Humberto no podía dejar de lavarse.

Sus hábitos de limpieza le hacían sentir mejor pero no por mucho tiempo. Mientras más repetía sus hábitos absurdos, más sentía que tenía que repetirlos.

De pronto sintió una sensación extraña en el cuello. "Tengo que aclararme la garganta", pensó con temor. Desde ese día, empezó a carraspear constantemente, aun antes de gruñir.

"Oye enjabonado, ¿desde cuándo los cerdos dicen 'EJEM' antes de gruñir?", lo molestaban los otros cerdos.

Humberto, además, sentía que tenía que escribir todo muy bien y leer todo varias veces. Quería estar seguro de que lo entendía todo perfectamente y, por eso, pasaba muchas horas haciendo sus tareas. Verificaba sus respuestas muchas veces y borraba tanto que se le rompía el papel. No importaba cuanto trabajara, no podía dejar de preocuparse por sus calificaciones.

Humberto también se sentía triste, diferente y solo.

Rita, Blanca y Humberto no estaban solos. En los establos, se oía constantemente "Trota, Trota, Trota" desde la casilla de Mauro —el caballo— "pata derecha, pata izquierda", decía una y otra vez. El pobre caballo tenía que seguir un patrón perfecto: primero tres pasos, después seis. Si alguien lo interrumpía, Mauro se ponía furioso y tenía que empezar el patrón de nuevo desde el principio.

Mauro guardaba un secreto. Tenía unos pensamientos terribles que le causaban mucho miedo y que no lo dejaban en paz. "¿Y si el agricultor Núñez se cae de la silla de montar y se parte la cabeza?", se preocupaba Mauro.

Ni los cubitos de azúcar... ni las zanahorias... nada ayudaba a Mauro a sentirse mejor. Ya no podía galopar. Cuando el agricultor Núñez lo sacaba, Mauro trotaba tan lento como una tortuga para asegurarse de que nada malo pasara.

Pronto, Mauro empezó a pestañear cuando golpeaba el suelo con las patas. "Yo sé que no tiene sentido pero tengo que pestañear para que nada terrible le pase a mi familia", pensaba. Todo el día de su establo Mauro andaba pestañando ~ blink, blink - y trotando ~ clop, clop.

Al igual que Rita, Blanca y Humberto, Mauro se sentía triste, diferente y solo.

Después de observar a Mauro, su amigo Reinaldo pensó, "Probablemente otros animales también sufren como Mauro", y decidió jugar al detective. Durante los siguientes días observó lo que hacían los otros animales. No le tomó mucho tiempo darse cuenta de que Rita, Blanca y Humberto, al igual que Mauro, pasaban mucho tiempo mirando algo que Reinaldo no podía ver. Hasta que una mañana tormentosa y gris...

Reinaldo abrió los ojos y vio una pulga extraña. "Mi nombre es T.O. Pulga", anunció la pulga en voz alta.

"¿T.O. qué?", respondió Reinaldo.

"T. O. PULGA y de ahora en adelante vas a hacer todo lo que yo te diga. Si no lo haces, te vas a sentir muy mal y te van a pasar muchas cosas malas. ¡Y si le cuentas a alguien de mí, te ocurrirá lo peor".

"¡Ay, creo que sé lo que les ha pasado a mis amigos! ¡Han caído en la trampa de T.O. Pulga!", pensó Reinaldo. "¡Sé lo que estás tratando de hacer en esta granja y no voy a permitir que ganes!", le gritó a la pulga. Reinaldo se fue corriendo pensando: "¡Esto es una emergencia! ¡Tengo que hacer algo AHORA!".

Reinaldo les contó a todos los animales de la granja de la visita de T.O. Pulga. Félix, la lechuza inteligente, tuvo una idea. Le mostró a Humberto la Enciclopedia Zoológica y le indicó dónde leer. Humberto se aclaró la garganta, "EJEM" y empezó a leer:

"Trastorno Obsesivo (T.O.) Pulga. Un insecto astuto y malicioso que difunde mentiras y causa obsesiones y pensamientos que se quedan en las mentes de sus víctimas. T.O. Pulga también hace que sus víctimas repitan comportamientos, que se llaman compulsiones, una y otra vez. Lavarse las manos más de lo necesario, golpear, contar, decir palabras especiales y hacer las mismas preguntas, aunque las respuestas sean obvias, son compulsiones. Y, como éstas, existen muchas más. Estos comportamientos se convierten en hábitos que hacen que las personas afectadas se sientan mejor al principio pero los malos pensamientos y sentimientos regresan y, por lo tanto, tienen que repetir sus hábitos cada vez más".

Todos los animales empezaron a hablar a la vez. "Silencio por favor", dijo Félix.

Valentina levantó la pata tan alto que casi se cae.

"¿Cuál es tu pregunta?", dijo Félix.

"¿Por qué Blanca le hizo caso a T.O. Pulga y Reinaldo no?", preguntó Valentina.

"Pues", dijo Félix, "a algunos animales les cuesta más trabajo no hacerle caso al mensaje de T.O. Pulga. Puede que otros en su familia también le hagan caso a T.O. Pulga, o tengan otras preocupaciones y temores. No sabemos por qué a algunos se les hace tan difícil decirle a la pulga que se vaya, como lo pudo hacer Reinaldo. Pero esto no es culpa de nadie. Es como el polen. Algunos animales son alérgicos y no pueden dejar de estornudar, mientras que otros pueden disfrutar del aroma de las flores", explicó.

"Por favor, dinos más", pidió un pollito nervioso al cual T.O. había tratado de acercarse esa mañana. "¿Qué pasa si no seguimos las reglas de T.O. Pulga?".

"Lo gracioso es que no pasa nada", respondió Félix. "Al principio te sientes muy mal, pero después de un tiempo el sentimiento malo se va y ya no tienes que repetir más tus hábitos. T.O. Pulga intentará regresar pero, si no le prestas atención, se irá volviendo más débil y silencioso", prometió Félix.

"Lo he intentado todo pero es muy difícil" dijo Humberto. "T.O. Pulga es tan astuto que a veces no puedes reconocerlo. Y lo que dice parece verdad", suspiró profundamente.

"Es cierto", afirmó Félix. "No es fácil pero, con mucha ayuda y apoyo, T.O. Pulga puede ser vencido".

De repente, una ráfaga de viento sopló abriendo la puerta del granero y asustando a todos los animales. Una enorme tormenta se dirigía hacia la granja, trayendo consigo truenos, relámpagos y mucha lluvia. El agricultor Núñez entro al granero y rápidamente se montó sobre Mauro. "¡Vamos, que tenemos que asegurar a los animales!", gritó.

Mauro se sentía muy nervioso. "No puedo perder tiempo trotando y pestañeando", pensó. Aunque se sentía mal, Mauro comprendió que tenía que ignorar las reglas de T.O. Pulga para poder ayudar al agricultor Núñez.

Rita corrió al gallinero y exclamó: "¡El viento está dispersando la comida! ¿Cómo puedo mantener una línea recta con este viento tan fuerte? ¡Y mis huevos, ay, mis huevos!". Todos los huevos se habían rodado hacia el medio de la pila de paja y ninguna de las gallinas podía distinguir cuál huevo era de quién. "¿Y si no puse ningún huevo?", dijo Rita. "Y mira mis plumas, están totalmente despeinadas. ¡No lo puedo soportar!". La imagen del tractor del agricultor atropellando el gallinero no se le iba de la mente. La terrible tormenta no le asustaba pero sus pensamientos sí.

Blanca tampoco lo estaba pasando bien. "¿Y si le cae agua a mi leche, Valentina? ¿Y si se derrama la leche? ¿Uno puede enfermarse con la lluvia? ¿Valentina, existe una enfermedad que se llama vaca-mojada?" preguntó llorando. Pero Valentina estaba muy ocupada calmando a los terneros y no le respondió.

Aunque estaba muy consternada, Blanca se dio cuenta de que el otro lado del granero estaba seco. Sabía que la única manera de salvar la leche era cargando los cubos hasta allí. "¿Y si babeo la leche que está en los cubos?" pensó. Pero como no había quien la ayudara, cogió fuerzas y valientemente cargó los cubos. "No puedo creer que estoy haciendo esto", se dijo mientras caminaba.

¡La lluvia trajo tanto barro que se formó una fiesta en la pocilga! Mientras los cerdos cantaban, "Baila Néstor, baila", Néstor demostró su nuevo baile para sacudirse el barro.

Solo Humberto estaba aterrorizado. Intentó limpiarse el barro que le había salpicado Néstor mientras bailaba pero no pudo. Caminó de puntillas hacia un lugar más seco, pero resbaló y se cayó de barriga. Intentó ponerse de pie pero perdió el equilibrio y se cayó otra vez. "¡Ay, no puedo creer que estoy cubierto de pies a cabeza de esta suciedad! ¡Qué pesadilla!", pensaba.

Los otros cerdos se sorprendieron al ver a Humberto tan sucio. Uno gritó: "¡Creo que tenemos al ganador del concurso del cerdo más sucio!". Los otros cerdos cantaban, "¡Baila Humberto, baila!".

Al sentirse tan feliz, Humberto intentó olvidarse de sus manías y decidió disfrutar de su nueva fama. Hasta se olvidó de su "EJEM" antes de gruñir en celebración.

Esa tarde, Humberto entendió lo que tenía que hacer. "Me voy a acostar como estoy. Puede ser lo más difícil que haga en mi vida, pero voy a luchar contra T.O. Pulga. ¡Sí, lo voy hacer!", pensó. Se sentía incómodo por dentro, pero estaba muy cansado y se durmió.

El agricultor Núñez y sus animales se despertaron a la mañana siguiente. Era un día bello y soleado. Pero el clima no era lo único que había cambiado: la alegría y diversión habían regresado a la granja.

Rita estaba mucho menos preocupada por el gallinero, su comida y sus plumas. "No importa", repetía cada vez que sentía que iba a repetir una de sus viejos hábitos. "Nada malo me pasó anoche. Voy a luchar contra el malicioso y tramposo T.O. Pulga", prometió Rita. Y así lo hizo.

El agricultor Núñez le dio de recompensa un cubito de azúcar a Mauro por haber sido tan valiente durante la tormenta. "Voy a seguir adelante, seguiré adelante sin hacer las cosas que hacía antes", dijo Mauro. Y así lo hizo.

En la pocilga, Humberto se despertó sucio. "No me siento tan mal como me sentía anoche. Ahora ya no me importa si estoy sucio", pensó.

En vez de correr a la ducha, Humberto regresó al barro y se lanzó de barriga, salpicando barro hacia todos lados. "Esto me da miedo pero T.O. Pulga no me va a intimidar más. Hasta creo que voy a aprender a amar el barro otra vez. Voy a luchar contra T.O. Pulga". Y así lo hizo.

En el granero, Blanca dijo: "Valentina, estoy muy orgullosa de haber salvado tanta leche, pero todavía estoy un poco preocupada. ¿Viste si babeé la leche?" Valentina casi le responde, pero pensó por un momento y dijo: "Blanca, contestarte esa pregunta absurda ayuda a T.O. Pulga, pero no te ayuda a ti. Si me preguntas otra vez, mi respuesta va ser: 'Sí, babeaste la leche y estamos muy orgullosos de ti'". Las dos comenzaron a reírse.

Blanca decidió que, cuando empezara a preocuparse, se iba a decir chistes a sí misma, igual que lo había hecho su amiga Valentina. Decidió luchar contra T.O. Pulga. Y así lo hizo.

Todos los animales se dieron cuenta de que la tormenta les había dado fuerza para poder luchar contra T.O. Pulga. Sabían que la pulga no renunciaría tan fácilmente y que tendrían que continuar luchando unidos. Pusieron un letrero grande en la entrada de la granja que decía:

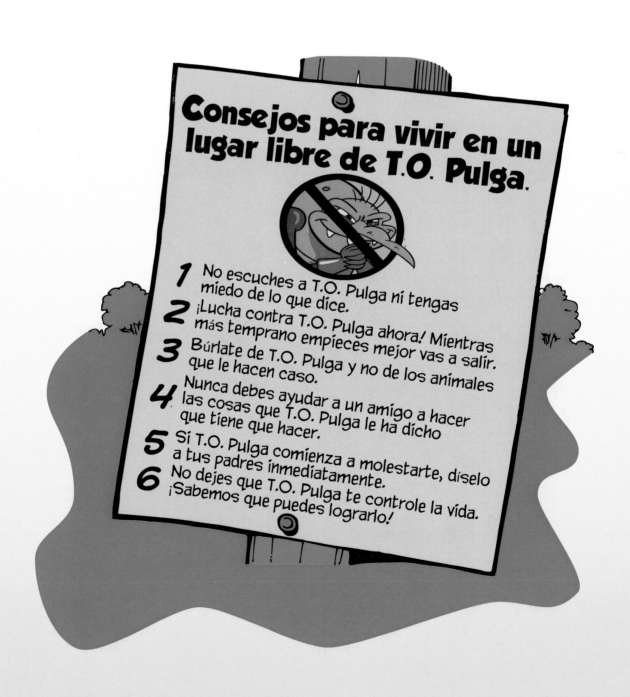

Consejos para vivir en un lugar libre de T.O. Pulga.

1 No escuches a T.O. Pulga ni tengas miedo de lo que dice.

2 ¡Lucha contra T.O. Pulga ahora! Mientras más temprano empieces mejor vas a salir.

3 Búrlate de T.O. Pulga y no de los animales que le hacen caso.

4 Nunca debes ayudar a un amigo a hacer las cosas que T.O. Pulga le ha dicho que tiene que hacer.

5 Si T.O. Pulga comienza a molestarte, díselo a tus padres inmediatamente.

6 No dejes que T.O. Pulga te controle la vida. ¡Sabemos que puedes lograrlo!

Al igual que los animales del agricultor Núñez, los niños también pueden tener problemas con T.O. Pulga. La batalla de los animales se hizo famosa y pronto muchos niños vinieron a visitar la granja para descubrir cómo luchar contra T.O. Pulga. Aprendieron que sus preocupaciones y hábitos extraños son parte de una condición que se llama Trastorno Obsesivo-Compulsivo (T.O.C.). También aprendieron que no era su culpa y que no tenían que sentir vergüenza. Y, lo mejor de todo, aprendieron que ellos pueden hacer algo para corregir estos problemas.

Comprender lo que era el T.O.C. ayudó a los niños a sentirse suficientemente seguros para contarles a sus padres de sus preocupaciones y comportamientos. Juntos se enteraron de un tratamiento especial que les provee a los niños herramientas para ayudarlos a lidiar con su ansiedad. También hacen ejercicios que les ayudan a enfrentar sus miedos y cambiar sus pensamientos y comportamientos. Los niños y sus familias llegaron a comprender que parpadear, contar, lavarse y preguntar lo mismo una y otra vez, así como los demás hábitos del T.O.C. solo fortalecían el T.O.C. Cuando no lo escuchaban o hacían lo contrario de lo que el T.O.C quería que hicieran, se sentían mas fuertes y el T.O.C. se convertía en una parte cada vez más insignificante de su vida. ¡En vez de caer en la trampa del T.O.C. los niños podían engañarlo!

Al igual que los animales durante la tormenta, los niños aprendieron que cuando luchamos contra el T.O.C. nos sentimos mal al principio, pero si no nos damos por vencidos, ese sentimiento se va y nos sentimos mejor. Se dieron cuenta de que T.O. Pulga era como esa pequeña voz que les angustiaba y les decía que tenían que repetir comportamientos propios del T.O.C. Al igual que Rita, Blanca, Humberto y Mauro, los niños hicieron un pacto con sus familias para luchar contra el T.O.C. ¡Y lo lograron!

Agradecimientos

Gracias a todos los profesionales que dedican sus vidas a ayudar a los niños a luchar contra el TOC. Gracias a la Dra. Jennifer Jablonski por su dedicación a la primera versión de este libro; a May Azcue por darle vida y color a las ilustraciones; a Susan Cohen por su excelente diseño gráfico; a Kristin Shealy y a Jeanne Krauss por sus revisiones y excelentes sugerencias; a Karen Schader por su dedicación y por su hermoso trabajo de edición; al Dr. Lawrence Shapiro por ser un guía y por enseñarme que hay más de una manera de ayudar a los niños; y un agradecimiento muy especial a mi amigo Bari Nan Cohen por todo su apoyo y esfuerzo para realizar mis ideas.

Al Dr. Jonathan Hoffman por su apoyo incondicional y por ser el mejor ejemplo de lo que un psicólogo debe ser, por ser el mejor compañero intelectual y de trabajo que cualquier persona pueda desear, y por seguir sorprendiéndonos a todos en el NBI con su mente brillante.

Finalmente a Robert Rubenstein por sentir tanta pasión por mi trabajo y por el cuidado y atención que brinda a todas las familias que tratamos de ayudar. Gracias por apoyarme en hacer lo que me gusta hacer todos los días y por comprender lo que es un verdadero compañero en la vida.

Para obtener más información sobre el T.O.C., visite www.nbiweston.com o www.ocfoundation.org.

Acerca de *Bugz Me*

Los materiales educativos *Bugz Me* imparten conceptos psicológicos y de comportamiento mediante cuentos, juegos y otras modalidades. Estos métodos convierten las teorías en enfoques creativos y prácticos para enfrentar los desafíos específicos que suelen enfrentar las personas y sus familiares. El objetivo es dejar saber la importancia de abordar el problema y los pasos necesarios para lograr cambios beneficiosos.

¿Por qué el nombre de *Bugz Me*? En inglés, la palabra "bug" significa insecto pero también significa molestar. Por tanto, los problemas molestosos a menudo se describen como "bugging". En inglés, "debugging" significa deshacerse del insecto o la molestia y es, básicamente, la capacidad de solucionar problemas; la destreza determinante en el diseño y desarrollo de un plan de intervención positivo.

Las ideas y estrategias que se encuentran en nuestros materiales se pueden adaptar para el aprendizaje independiente o para intervenciones con la ayuda de un profesional. Usted puede encontrar más información sobre los materiales educativos de *Bugz Me* en www.bugzme.com.

Sobre la Autora

La Dra. E. Katia Moritz empezó su carrera como psicóloga licenciada en su país natal, Brasil. Se mudó para Nueva York en 1991 para continuar sus estudios en terapia cognitiva-conductual en el Instituto Albert Ellis y en el Instituto de Investigación y Terapia Biológica-Conductual. Obtuvo su Doctorado en Psicología Clínica y de Escuela en la Universidad Hofstra en Nueva York. Después se mudó a la Florida, donde estableció el Programa de Trastornos de Ansiedad en el Miami Children's Hospital, en el Centro de Dan Marino. También fundó el primer grupo de apoyo para pacientes pediátricos con T.O.C. en el sur de la Florida. La Dra. Moritz es la autora de "Maneras de ayudar a niños con T.O.C." y "Trabajando con el Trastorno Obsesivo-Compulsivo en los niños", un programa de entrenamiento audiovisual. La Dra. Moritz es psicóloga licenciada en la Florida y directora clínica del Instituto Neuroconductual. Dedica sus esfuerzos en el desarrollo de protocolos de tratamiento intensivo de comportamiento para ayudar a los que están afectados por el T.O.C. y otras condiciones neurobiológicas.

**Ahora es tu turno de crear tus propias historias de T.O. Pulga en estas paginas.
¡Que te diviertas!**